Marisol McDonald and the Clash Bash

Marisol McDonald y la fiesta sin igual

story / cuento **Monica Brown**

illustrations / ilustraciones **Sara Palacios**

Spanish translation / traducción al español **Adriana Domínguez**

Children's Book Press, *an imprint of* Lee & Low Books Inc.
New York

My name is Marisol McDonald, and I don't match because . . . I don't want to!

I like being *unique*, *different*, and *one of a kind*.

Me llamo Marisol McDonald y no combino
porque... ¡no quiero hacerlo!

Me gusta ser *original, diferente* y *única*.

At breakfast my little brother, Gustavo, says, "Yuck!"

But guess what? I *like* orange juice on my cereal. It's sweet, sour, and delicious.

Besides, nothing bothers me today because it's almost my birthday! Next week I turn eight, which rhymes with "great." I just know my birthday will be *fabulous*, *marvelous*, and *divine*.

Durante el desayuno, mi hermanito Gustavo dice: ¡Puaj!

Pero ¿sabes qué? A mí *me gusta* ponerle jugo de naranja a mis cereales. Saben dulces, agrios y deliciosos.

De todos modos, hoy nada me puede molestar porque ¡ya llega mi cumpleaños! La semana que viene cumpliré ocho, que rima con bizcocho. Sé que mi fiesta será *fabulosa*, *estupenda* y *maravillosa*.

"What do you want for your birthday?" Gustavo asks.

"To see Abuelita," I say. I haven't seen Grandma for a long time, and I miss her so much. Sometimes our telephone connection breaks up, and I can't even hear her voice!

"But she's all the way in Peru," Gustavo says.

"And it's expensive to fly here," Dad says.

"I know that Abuelita will come," I say, "even if she has to fly on a butterfly's back!"

Mami just smiles.

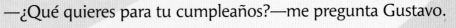

—¿Qué quieres para tu cumpleaños?—me pregunta Gustavo.

—Quiero ver a abuelita—le contesto. No la he visto en mucho tiempo y la extraño muchísimo. A veces, nuestra conexión telefónica no es muy buena ¡y ni siquiera puedo oír su voz!

—Pero abuelita está muy lejos, en Perú—dice Gustavo.

—Y viajar desde allí es muy caro—dice Dad.

—Estoy segura de que abuelita vendrá a mi fiesta—les contesto—, ¡aunque tenga que hacerlo volando sobre la espalda de una mariposa!

Mami solo sonríe.

Every morning before school I do my chores to earn my allowance, which goes right into my piggy bank. When Piggy gets full, I give Mami the money to send to Abuelita. I've been doing this for two years, which is exactly how long it's been since I've seen Abuelita's smiling face and hugged her tight.

Every morning before school I also play with my dog.

"Why do people make fun of your name, Kitty?" I ask, scratching first behind his floppy ear and then behind his pointy ear.

Todas las mañanas, antes de salir para la escuela hago mis quehaceres de la casa para ganar mi mesada y ponerla en mi alcancía. Cuando Cerdita se llena, le doy el dinero a mami para que se lo envíe a abuelita. Comencé a hacer esto hace dos años, desde la última vez que vi la cara sonriente de mi abuelita y la abracé muy fuerte.

Cada mañana antes de salir para la escuela también juego con mi perrito.

—¿Por qué se burlan de tu nombre, Minino?—le pregunto mientras lo acaricio primero detrás de su oreja caída y luego detrás de su oreja puntiaguda.

At school my friends ask, "Marisol, what kind of birthday party are you going to have?"

"A princess party?" asks Emma.

"A unicorn party?" asks Noah.

"A pirate party?" asks Ollie hopefully.

"How about a soccer party?" asks my cousin Tato.

Hmmm. I just don't know. I love princesses, unicorns, pirates, and soccer, but nothing sounds quite right.

✹ ✹ ✹

En la escuela, mis amigos me preguntan:

—Marisol, ¿qué clase de fiesta vas a hacer?

—¿Una fiesta de princesas?—pregunta Emma.

—¿Una fiesta de unicornios?—pregunta Noah.

—¿Una fiesta de piratas?—pregunta Ollie con mucha ilusión.

—¿Por qué no haces una fiesta de fútbol?—pregunta mi primo Tato.

Mmm... Realmente no lo sé. Me encantan las princesas, los unicornios, los piratas y el fútbol, pero no puedo decidir entre ellos.

After school Mami and I go shopping. I've been growing taller, and it's time for some new clothes.

The salesperson says, "That skirt doesn't match that shirt. They clash."

"Clash, pitash!" I say, because I think that green stripes, red flowers, and yellow stars are *marvelous* together. Especially with my purple hightops.

Después de la escuela, mami y yo vamos de compras. Estoy más alta y necesito ropa nueva.

La vendedora me dice:

—Esa falda no combina con esa blusa. Chocan.

—¡No chocan para nada!—digo yo. Pienso que las rayas verdes, las flores rojas y las estrellas amarillas quedan *magníficas* todas juntas. Sobre todo con mis zapatillas moradas.

Next, Mami and I go to the party store. There is row after row of birthday goodies with different themes: trains, superheroes, princesses, rock stars, and more.

"Everything matches," I say, frowning. "How will I ever decide?"

"Maybe you won't have to," Mami says.

Luego, mami y yo vamos a la tienda de fiestas. Hay varias hileras de decoraciones de cumpleaños con temas diferentes: trenes, superhéroes, princesas, estrellas de rock y más.

—Todo combina—digo, frunciendo el ceño—. ¿Cómo decido?

—Quizás no tengas que hacerlo—dice mami.

NAPKINS

napkins

NAPK

Mami and I try on princess gowns and swing
pirate swords. I rock out with a guitar, and
Mami reaches for a soccer-ball *piñata*. I
find a puppy dog tablecloth, and Mami
picks out eight orange and purple balloons.

I top it all off with green streamers,
and we are ready to go.

Mami y yo nos probamos vestidos
de princesas y jugamos con las
espadas de piratas. Toco rock
con una guitarra y mami toma
una piñata en forma de pelota de fútbol.
Encuentro un mantel con cachorritos y mami escoge
ocho globos anaranjados y morados.

Completamos las compras con unas serpentinas verdes
y estamos listas para irnos.

When we get home I make a *unique, different, one-of-a kind* invitation for each of my friends. I make a superspecial invitation for Abuelita, even though I'm not sure she will receive it in time.

"Will Abuelita come to my *fiesta*?" I ask Mami, and this time she doesn't smile.

"Marisol, it isn't just the money," Mami explains. "It's hard to get *papeles* to come to the United States. Abuelita needs a special document called a visa to visit us, but sometimes it takes a long time for the visa to arrive."

I don't understand. Why does Abuelita need papers to see her own family who miss her so much?

Cuando llegamos a casa, hago una invitación de cumpleaños *original*, *diferente* y *única* para cada uno de mis amigos. Hago otra invitación súper especial para mi abuelita, aunque no estoy segura de que le llegará a tiempo.

—¿Vendrá abuelita a mi fiesta?—le pregunto a mami. Esta vez, ella no sonríe.

—Marisol, no es solo el dinero—explica mami—. Es difícil conseguir los papeles necesarios para venir a Estados Unidos. Abuelita necesita un documento especial llamado visa para visitarnos, y a veces, las visas demoran mucho en llegar.

No comprendo. ¿Por qué necesita papeles abuelita para ver a su propia familia que la extraña tanto?

On my birthday Dad, Mami, my brothers, and Kitty wake me up early.

"Happy birthday!" they shout, and give me lots of hugs. "*¡Feliz cumpleaños!*"

I can't wait for my party. I help Mami decorate my cake: chocolate with green frosting, rainbow candles, and salty pretzels on top.

El día de mi cumpleaños, Dad, mami, mis hermanos y Minino me despiertan temprano.

—*¡Happy Birthday!*—exclaman todos y me dan muchos abrazos—. ¡Feliz cumpleaños!

Tengo muchas ganas de que comience mi fiesta. Ayudo a mami a decorar mi pastel de chocolate con escarcha verde y velitas de arco iris. Después, lo cubro todo de *pretzels* salados.

Finally it's time.
My friends start
arriving.

Emma is dressed like a
princess. Tato is dressed
like a soccer player. Noah is
dressed like a unicorn, and Ollie
is the friendliest pirate I've ever seen.

"What's going on, Marisol?" my friends
ask. "Why don't our costumes match?"

"Welcome to my Clash Bash birthday
party," I say, and spin around to show off
my soccer-player-pirate-princess-unicorn self.

Al fin es la hora de mi fiesta y mis amigos comienzan a llegar.

Emma está vestida de princesa. Tato está vestido de jugador de fútbol. Noah tiene un disfraz de unicornio y Ollie es el pirata más simpático que he visto en mi vida.

—¿Qué sucede, Marisol?—me preguntan mis amigos—. ¿Por qué no combinan nuestros disfraces?

—¡Bienvenidos a mi fiesta de cumpleaños sin igual!—les contesto mientras giro para mostrarles mi traje de jugadora de fútbol-pirata-princesa-unicornio.

FELIZ CUMPLEAÑOS

We laugh and play games and run around all over the backyard. Then something funny happens.

Emma asks if she can borrow Ollie's eye patch.

"Only if I can borrow your crown," he says.

Noah asks to wear my purple hightops, and then he challenges Tato to a game of soccer.

Pretty soon we are all soccer-player-pirate-princess-unicorns.

Nos reímos, jugamos y corremos por todo el jardín. Luego, sucede algo curioso.

Emma le pide a Ollie que le preste su parche de pirata.

—Solo si me prestas tu corona —dice él.

Noah me pide prestadas mis zapatillas moradas y reta a Tato a un partido de fútbol.

De pronto, todos nos hemos convertido en jugadores de fútbol-piratas-princesas-unicornios.

It's time for cake. After my friends sing "Happy Birthday,"
I close my eyes, take a deep breath, and make my wish. I
blow out the candles, and everyone cheers.

Then Dad says, "Marisol, come into the study."

"¿Por qué?" I ask. "Why?" The only things in the study are
books, Mami's desk, and the computer. I want to eat my cake.

"We have a surprise for you, Marisol," Mami says. "Come and
see." She takes my hand and we walk down the hall.

Es hora de cortar el pastel. Cuando mis amigos terminan de
cantar "Happy Birthday", cierro los ojos, aspiro profundamente
y pido un deseo. Apago las velitas y todos aplauden.

Luego Dad dice:

—Marisol, ven al estudio.

—¿Por qué?—pregunto—. *Why?* Lo único que hay en el
estudio son libros, el escritorio de mami y la computadora.
Y yo quiero comer mi pastel.

—Tenemos una sorpresa para ti, Marisol—dice mami—. Ven a ver.

Mami me toma la mano y caminamos juntas por el pasillo que lleva
al estudio.

I walk into the study, and there on the screen is Abuelita!

"*Feliz cumpleaños*, Marisol," she says, and we both laugh. "I'm still waiting for my visa, but I used some of the money you sent to buy my very first computer and get an Internet connection. Now we can talk and sing together, and I can see your pretty face all the time."

"*Te quiero mucho*," I tell Abuelita. "I love you so much." Then I give the computer screen a great big *abrazo*.

This is the best Clash Bash birthday ever!

Entro al estudio y allí, en la pantalla de la computadora, ¡está abuelita!

—Feliz cumpleaños, Marisol—dice ella, y ambas nos reímos—. Sigo esperando por mi visa, pero utilicé parte del dinero que me enviaste para comprar mi primera computadora y obtener una conexión de internet. Ahora podremos hablar y cantar juntas, y podré ver tu cara bonita todo el tiempo.

—Te quiero mucho—le digo a abuelita—. *I love you so much.*

Entonces me acerco a la computadora y le doy un súper abrazo gigante.

¡Este es el mejor y más único de todos mis cumpleaños!

Author's Note

Welcome to the world of Marisol McDonald, where creativity is honored and nonconformity is the norm. I started this series because, growing up the bilingual daughter of a North American father and a South American mother, I wasn't always sure where I fit in. Like Marisol, my family was spread across two continents, and like Marisol, I missed my family dearly. I remember when my mother, a new real estate agent, sold her first house. She used the commission she earned to buy Abuelito a plane ticket to come visit us—all the way from Lima, Peru! Thanks to my family—and my mother, who had an imagination as wide as the sky—I found my place as a writer/professor/soccer and ballet mom who loves to travel as much as I love to read and dance and play. This book celebrates a family's love, all that is unique about each of us, and all that's still left to discover.

Nota de la autora

Bienvenidos al mundo de Marisol McDonald, donde celebramos la creatividad y en el que la no conformidad es la norma. Escribí esta serie de libros porque yo también fui hija bilingüe de un padre norteamericano y una madre sudamericana, y a veces no sabía bien dónde encajaba. Como la familia de Marisol, la mía abarcaba dos continentes, y como Marisol, extrañé a mis familiares muchísimo. Recuerdo bien cuando mi madre, quien era una agente de bienes raíces, vendió su primera casa. Utilizó su comisión para comprar un pasaje a abuelito para que nos viniera a visitar ¡desde Lima, Perú! Gracias a mi familia y a mi madre, quien tenía una imaginación amplia como el cielo, hallé mi lugar en el mundo como escritora, profesora y madre (de una jugadora de fútbol y una bailarina de ballet), que ama viajar tanto como leer, bailar y jugar. Este libro celebra el amor familiar, todo lo que nos hace únicos a cada uno de nosotros y todo los que nos queda por descubrir.

Glossary

abrazo (ah-BRAH-soh): hug

Abuelita (ah-BWEH-lee-tah): Grandma

Abuelito (ah-BWEH-lee-toe): Grandpa

feliz cumpleaños (feh-LEES coom-pleh-AH-nyohs): happy birthday

fiesta (FEE-ehs-tah): party

Mami (MAH-mee): Mom

papeles (pah-PEH-lehs): papers, documents

piñata (pee-NYAH-tah): decorated container filled with candies and little gifts, used as part of a celebration; a piñata is hung up high so that children, blindfolded, may try to break it open with a stick and then retrieve the treats that fall out

por qué (pohr KEH): why

Te quiero mucho. (teh kee-EH-roh MOO-choh): I love you so much.

Glosario

Dad (dad): Papá

happy birthday (JA-pi BÉRZ-dei): feliz cumpleaños

I love you so much. (ay lof yu so moch): Te quiero mucho.

pretzels (PRÉT-zels): pretzels

why (juai): por qué

Monica Brown has written several award-winning picture books, including the first Marisol adventure, *Marisol McDonald Doesn't Match/Marisol McDonald no combina*, an ALA Notable Children's Book. The character of Marisol is inspired by Brown's own mixed heritage, which includes Peruvian, Scottish, Spanish, Amerindian, and Jewish ancestry. When not writing or busy as a soccer-and-ballet mom, Brown is a professor of US Latino and multicultural literature at Northern Arizona University. She lives with her family in Flagstaff, Arizona. You can visit her online at monicabrown.net.

Monica Brown ha escrito varios libros ilustrados premiados, incluyendo la primera aventura de Marisol, titulada *Marisol McDonald Doesn't Match/Marisol McDonald no combina*, la cual fue nombrada "Libro Destacado" por la Asociación Estadounidense de Bibliotecarios (ALA). El personaje de Marisol fue inspirado por el mestizaje de la propia Brown, quien tiene ancestros peruanos, escoceses, españoles, amerindios y judíos. Cuando no se halla escribiendo o acompañando a sus hijas a jugar al fútbol o a clases de ballet, Brown trabaja como profesora de literatura estadounidense latina y multicultural en la Universidad del Norte de Arizona. Brown vive con su familia en Flagstaff, Arizona. Puedes visitarla en la siguiente página web: monicabrown.net.

Sara Palacios is the illustrator of *Marisol McDonald Doesn't Match/Marisol McDonald no combina*, for which she won a Pura Belpré Illustrator Award Honor. She studied art in Mexico and the United States, and has illustrated books for publishers in both countries. "Marisol is one of the most interesting characters I've worked with," says Palacios. "Her unique personality presents a fun challenge." Palacios divides her time between San Francisco and Mexico City. See more of her work at sarapalaciosillustrations.com.

Sara Palacios ilustró *Marisol McDonald Doesn't Match/Marisol McDonald no combina*, por el cual recibió el Honor Pura Belpré para Ilustradores. Palacios estudió arte en México y Estados Unidos y ha ilustrado libros para editoriales en ambos países. "Marisol es uno de los personajes más interesantes que he ilustrado", afirma Palacios. "Su personalidad única presenta un desafío muy divertido", añade. Palacios divide su tiempo entre San Francisco y Ciudad de México. Para explorar un poco más su trabajo, visita: sarapalaciosillustrations.com.

Spanish translation by Adriana Domínguez
Book design by Carl Angel
Book production by The Kids at Our House
The text is set in Angie
The illustrations are rendered in cut paper, ink, and markers and
then digitally enhanced
Manufactured in China by Regent Publishing Services, July 2013
10 9 8 7 6 5 4 3 2 1
First Edition

Library of Congress Cataloging-in-Publication Data
Brown, Monica.
    Marisol McDonald and the clash bash / story, Monica
Brown ; illustrations, Sara Palacios ; Spanish translation, Adriana
Domínguez = Marisol McDonald y la fiesta sin igual / cuento,
Monica Brown ; ilustraciones, Sara Palacios ; traducción al español,
Adriana Domínguez. — First edition.
       pages cm
    Summary: "A unique, spunky, multiracial, bilingual girl plans a one-
of-a-kind birthday party and hopes her abuelita (grandma) will be able
to come from Peru to join the festivities. Includes an author's note and
glossaries"—Provided by publisher.
    ISBN 978-0-89239-273-5 (hardcover : alk. paper)
[1. Individuality—Fiction. 2. Birthdays—Fiction. 3. Parties—Fiction.
4. Grandmothers—Fiction. 5. Racially mixed people—Fiction.
6. Hispanic Americans—Fiction. 7. Spanish language materials—
Bilingual.] I. Palacios, Sara, illustrator. II. Domínguez, Adriana,
translator. III. Title. IV. Title: Marisol McDonald y la fiesta sin igual.
PZ73.B68563 2013   [E]—dc23   2013007505